"전쟁 중이니 강간은 나중에 얘기하자?"

b판시선 56

하종오 시집

"전쟁 중이니 강간은 나중에 얘기하자?"

도서출판 b

민주주의가 진화하는 한국에서 보면 아직도 변혁이나 혁명이 절박한 국가들이 세계 도처에 있다. 지구상에 악한 무리가 왜 이리도 많은가?

나는 장탄식한다.

공공 전체가 아니라 강자인 일부를 위해 공무를 하면서 사익을 편취하는 사악한 권력, 부도덕하고 불의한 국가의 이익을 위해 전쟁하는 권력이 전멸한 세계는 존재할 수 없는가?

| 차 례 |

제3부

9

제1부

한국계 우크라이나 시인

먼먼 지평선이 바라보이는 땅에서
뛰어노는 아이들은 자라서
시인이 되지 않을 수 없다

파란 하늘이 내려와 있는 우크라이나 지평선,
노란 해바라기꽃들이 잇고 있는 우크라이나 지평선,
사방팔방 다가갈수록 멀어지는 우크라이나 지평선,
그 지평선을 걸어서 걸어서 넘어가진 못해도
그 지평선 너머를 너머를 상상하는 아이들은
청년이 되면 시인이 되고 마는 것이다
우크라이나에는 지평선이 가없어서
시인이 많을 것만 같다

소비에트 연방 시절에
난민으로 떠돌았던 한국인을 조상으로 둔
한국계 우크라이나 젊은 시인도 여럿 있어
러시아군이 쏜 미사일에 피를 흘리며 죽어가는
우크라이나 남녀노소를 애도하며

피에 젖은 시를 쓰고 있지 않을까

해바라기씨유油

지난해 마을 길가에서
해바라기꽃을 보고 나서
해바라기씨를 구해
올해 마당귀에 심었다

어릴 적 해바라기씨를 까먹던 추억을
늘그막에 재현하고 싶은 마음만 앞섰지
알알이 잘 익도록 거름을 주지 못했다

제대로 꽃피지 못하고
제대로 씨 맺지 못한
해바라기를 쳐다보던 날,
해바라기씨유가 품귀라는 소식이 들렸다

전 세계 해바라기씨유 소비량의 절반 이상을 생산하는
우크라이나를
겨우 우크라이나의 절반 정도밖에 생산하지 못하는 러시
아가 침공하여

해바라기씨유가 사라질 위기에 처했다고 한다

해바라기가 국화國花인 우크라이나를 러시아가 맹폭격하
는 전쟁통에

나는 해바라기씨유를 사서 찬을 조리해 먹을 수 없을
뿐이지만

우크라이나 해바라기 재배농들은 해바라기씨를 뿌리고
거둘 수 없고

러시아 해바라기 재배농들은 해바라기씨를 팔 수 없을
게다

우크라이나 씨, 당신 1

우크라이나 씨, 당신이
밀을 키우는 농부라니
자주 국수를 삶아 먹는 나는
밀 농사가 중요한 당신 나라에
러시아가 전쟁을 일으켜
밀가루값이 오르겠다고 걱정한다
전 세계 곡물 시장이 들썩거려도
우크라이나 씨, 당신에겐
이익이 나누어져 돌아오지 않을뿐더러
오히려 요깃거리가 모자라 배고프겠지만
콤바인 운전대를 잡았던 당신은
포탄을 무자비하게 터뜨려서
당신의 밀밭을 까뭉개버린
러시아를 응징하기 위하여
이제는 총을 들고 방아쇠를 당기겠다
우크라이나 씨, 당신을 상상하면
식탁에 국수 한 그릇을 놓는 끼니때마다
나는 입이 깔깔하고

러시아는 패망해야 한다며 젓가락을 내려놓는다
빵을 주식으로 하는 나라의 가난한 가족들이
밀가루가 너무 비싸 사 먹지 못하게 된다면
당신도 나도 슬프겠지
장난감이 없었던 어린 시절엔 밀짚을 잘라
나는 작은 노리갯감을 만들기도 했는데
당신도 작은 노리갯감을 만들기도 했겠지?
왜 만들었는지, 그 이유가 당신과 내가 다르지 않았을
게다
지금 러시아에 분노하는 이유도 당신과 내가 다르지 않을
것이다
우크라이나 씨, 당신
밀 농사를 잘 짓는 우크라이나 씨, 당신,
반드시 전쟁을 끝장내야겠다고 결의한 당신은
러시아를 향하여 총도 잘 쏠 것이라고 확신한다

우크라이나 씨, 당신 2

갓난아기의 엄마이고 아빠인 우크라이나 씨,
러시아가 개시한 전쟁에 총을 들지 못하고
갓난아기를 가슴에 안고 피난길에 오른 당신,
푸른 하늘 아래 핀 노란 해바라기꽃이 바라보이면
간호사인 당신은 의무병으로 참전하지 못해 죄스럽다

어린아이의 엄마이고 아빠인 우크라이나 씨,
러시아가 개시한 전쟁에 총을 들지 못하고
어린아이와 손을 잡고 피난길에 오른 당신,
푸른 하늘 아래 핀 노란 해바라기꽃이 바라보이면
건설기술자인 당신은 공병으로 참전하지 못해 죄스럽다

소년 소녀의 엄마이고 아빠인 우크라이나 씨,
러시아가 개시한 전쟁에 총을 들지 못하고
소년 소녀에게 책가방을 들리고 피난길에 오른 당신,
푸른 하늘 아래 핀 노란 해바라기꽃이 바라보이면
정보통신 자격증을 가진 당신은 정보통신병으로 참전하
지 못해 죄스럽다

그 모든 자녀의 엄마 아빠, 당신들, 우크라이나 씨들,
타국에 떠나가 있어도
러시아군에 대한 증오심과 적개심을 누를 수 없고
그 모든 자녀의 먹을거리와 잠자리를 걱정하지만
러시아군에 대한 미움과 분함을 힘으로 바꾸어
그 모든 자녀는 허기와 불면을 견디며 성장할 것이고,
언젠가는 귀국하여 푸른 하늘 아래 핀 노란 해바라기꽃을
바라볼 때
당신들과 같은 이름, 우크라이나 씨로 불리면서
저마다 천부적인 재능으로 서로를 위하여 무언가 할 것이
다

옥수수

비바람에 쓰러진 옥수수를 일으켜 세우고
나는 지주대를 박아 끈으로 묶어주었다
우크라이나에는 작황이 어떨까

우크라이나 주요 농작물은
밀 옥수수 귀리 보리라는데
한국에서 내가 키우는 건 옥수수

우크라이나를 침략한 러시아가
들판에도 포탄을 투하했다는데
성한 옥수수가 남아 있을까

찐 옥수수를 유난히 좋아하는
어린 손자의 입맛에 맞추어
1년 치 먹을 수량을 확보하기 위하여
100여 포기나 모종을 사다 심었으나,
가뭄에 열매 알알이 여물지 못하다가
갑작스런 비바람에 쓰러졌다

우크라이나 농부들은
전시에도 농사를 짓기 위하여
밀 옥수수 귀리 보리를
각각 파종하는 날과 수확하는 날을
머릿속에 새기며 승전보를 기다리겠지……

청소기

일요일, 나는 청소기 전원을 켜고
집 안 구석구석 먼지를 빨아들이며
좀 엉뚱한 상상을 한다
키이우 씨일 수도 있고 돈바스 씨일 수도 있는
내 또래 우크라이나인이
한국제 청소기를 싸들고 피난길에 올랐을까
러시아의 침공에 집을 놔두고 급하게 떠나는
키이우 씨일 수도 있고 돈바스 씨일 수도 있는
내 또래 우크라이나인이
함께 늙어가는 깔끔한 아내를 위하여
잘하는 집안일이 청소였다면
러시아에 관광 갔다가 사 온 한국제 청소기를
평소 애지중지하였을 테다
방바닥에서 풀썩이는 머리카락도
거실에서 나뒹구는 먼지도
현관에서 부서지는 모래알도
키이우 씨일 수도 있고 돈바스 씨일 수도 있는
내 또래 우크라이나인이

함께 늙어가는 깔끔한 아내를 위하여
일요일마다 한국제 청소기로
남김없이 빨아들였다 해도
러시아의 총알을 피하는 데엔
전혀 쓸모없을 한국제 청소기,
지나간 어느 일요일, 그 한국제 청소기로
집 안 구석구석 먼지를 빨아들이며
좀 엉뚱한 상상을 했을까
함께 늙어가는 깔끔한 아내를 위하여
일요일마다 한국제 청소기로
집 안 구석구석 먼지를 빨아들이는
자기 또래 한국인인 나를 상상했다고 믿고 싶다
이제 청소할 수 없는 피난지에 머물고 있을
키이우 씨일 수도 있고 돈바스 씨일 수도 있는
내 또래 우크라이나인의 무사한 귀가를 빌며
나는 청소기 전원을 끈다

현재 시간

현재 한국은 오후 6시 30분,
저녁 먹을 시간,
나는 점심으로 밥을 많이 먹은 탓에
너무 배가 불러서
식탁에 앉아 몇 숟갈 뜨고는
얼굴도 모르는 당신을 떠올린다

현재 우크라이나는 오후 12시 30분,
점심 먹을 시간,
당신은 아침으로 아무것도 먹지 못해서
너무 배가 고픈데도
피난민촌에서 빵을 실컷 먹지 못할 것이며
얼굴도 모르는 나를 떠올리지 않을 것이다

육이오 전쟁 때,
소련군을 피해 숨어다녔다는
어른들의 피난살이를 되새기면
우크라이나의 민간인을 공격하는

러시아의 군대를 피해 숨어다니는
당신의 피난살이에 나는 에인다

현재 시간에
한국에서 저녁 먹는 나의 처지와
우크라이나에서 점심 먹을 당신의 처지를
우리는 다 같은 인간인데도
아무도 비교하여 마음 쓰지 않는다, 슬프게도

전범戰犯과 승전勝戰

우크라이나군에 밀려 퇴각하는 러시아군이
열병합발전소를 파괴하였다

캄캄한 밤에 퇴각하면서도
범죄를 저지른 러시아군은 또 범죄를 저지를 것이다
이미 점령지에서 떠난 러시아 군인들 중엔
우크라이나 여성을 강간한 병사들과
우크라이나 민간인을 살상한 병사들과
우크라이나 민가를 포격한 병사들이 있다

저 만행을 한 러시아 병사들은 전범이다
저 병사들과 작전한 지휘관들은 전범이다
저 지휘관들에게 침공을 명령한 대통령은 전범이다

러시아군이 캄캄한 밤에 퇴각할 때
승전한 우크라이나군은 주민들을 위하여 또 승전할 것이
다
이제 우크라이나 군인들은 격전지에서 저마다

전등에 불이 들어오지 않는 동네 집집에서
아이에게 동화책을 읽어주지 못하는 젊은 부부와
예습과 복습을 할 수 없는 학생들과
두 눈 감고 웅크려 잠을 청하는 늙으신 어른들을 떠올릴
것이다

우크라이나군에 밀려 퇴각하는 러시아군이
열병합발전소를 파괴하였다

"전쟁 중이니 강간은 나중에 얘기하자?"

러시아의 우크라이나 침략과
러시아 군인의 우크라이나 여성 강간에 대하여
우크라이나 의원이 외친 말을 옮겨 적으면
그대로 한 편의 시다

"전쟁을 벌이고
전쟁 피해를 당하는
우리 모두는 인간이다.
인간에 대한 이야기는
하나도 빠짐없이 중요하다.
전시 강간을 운 없는 개인이 겪은
안타까운 작은 일 정도로 치부해선 안 된다.
분명히 직시해야 할 건
러시아가 훼손하고 있는 것이
인간이라는 점이다.
전쟁은 추상적인 그 무언가가 아니다.
인간과 세계를 바꾸는 구체적인 사건이다.
개개인이 겪는 전쟁 피해를 규명하는 작업도 구체적인

사건이다.
　　정치외교적 담론으로 전쟁을 중계해선 안 된다.
　　무슨 일이 벌어지고 있는지를 정확히 알고 알려야 한다.
　　전쟁 중이니 강간은 나중에 얘기하자?
　　있을 수 없는 일이다."*

　　독·소 불가침 조약을 맺고
　　북유럽 동유럽을 침략한 소련에서 살았던
　　러시아 시인이 쓴 시에서
　　저런 문장을 읽지 못했다
　　그 전쟁에선 침략군의 여성 강간이 없었을까?

* 따옴표 속 문장 전체를 〈한국일보〉 인터넷판(2022. 7. 1.)에 게시된 신은별 특파원의
　르포 「"러시아군, 눈앞서 딸을"··· 전시 강간은 우크라 여성을 짓밟았다」에서 옮겨왔다.
　"'국가가 흔들리는데 성폭력 문제가 그렇게 중요한가'라는 삐딱한 시선"에 대한 안나
　소우선 우크라이나 여성 의원의 반박 전문이다. 행은 임의로 나누었다.

결혼과 전사戰死

1

러시아군과 싸우다가 전우와 사랑에 빠진
우크라이나 여성 에브게니아 씨는
전투 중에 숲속에서 결혼했다
어렵게 구한 하얀 드레스를 입고
밀을 꺾어 만든 부케를 들고 군화를 신은
에브게니아 씨는 이렇게 말했다고 한다

"오늘이 우리의 마지막 날이 될 수 있다는 걸 알고 있다
그래서 우리 부부는 우리의 삶을 내일로 미루고 싶지
않았다"*

2

우크라이나에서 태어나 공부하여 의사가 되고
이탈리아에서 결혼하여 살아가던 마리아나 씨는
러시아군이 침공하자,
자진 귀국해 의무병으로 참전하여
부상병을 치료하다가 박격포 공격에 전사했다

십대 아들딸을 키우던 엄마였던
마리아나 씨는 이렇게 말했다고 한다

"우리가 아니면 누가 고국 땅을 지키겠는가
악이 얼마나 강하든 항상 선이 이긴다"**

* 〈now news〉 인터넷판(2022. 10. 17.) 「기관총 든 신부… 우크라 여성 저격수의 결혼식
  화보」 참조
** 〈서울경제〉 인터넷판(2022. 9. 29.) 「'조국 지킨다'… 귀국 후 참전 우크라 여의사,
  러 공격에 전사」 참조

인간 말종

올해 한국에선 가뭄으로 밭농사가 잘 안 돼
채소가 귀하고,
한국에 비교할 수 없이 가난한 에티오피아에선
곡물이 부족하다고 한다

한국 전쟁에서
남한에 파병했던 에티오피아와
북한에 무기 지원했던 러시아가
오늘 종작없이 동시에 떠오른다
러시아의 공격으로
우크라이나의 밀밭이 불타서
추수도 수출도 하지 못하는 바람에
에티오피아의 사람들이
식량을 구하지 못해 굶주린다고 한다

우크라이나 농민들이
들판에 번져나가는 들불을 끄기 위해
이리 뛰고 저리 뛰다가

잿더미에 주저앉아 망연자실하는 사이,
러시아 군인들은
트랙터마저 파괴한다고 한다

인간이라면 곡식과 음식으로 장난쳐선 절대 안 된다는
가정교육을 받으며 자란 나는
귀한 채소를 덜 먹을 작정하면서
북한에 채소와 곡물이 모자랄 수 있겠다고 추측하고
에티오피아에 곡물이 부족해지도록
우크라이나 밀밭에
마구 소이탄을 투하하는 러시아 군인들을
인간 말종이라고 말하지 않을 수 없다

무기 수출국

한국이 아랍에미리트에 수류탄을 수출하고,
아랍에미리트가 예멘에 수류탄을 제공하고,
예멘 정부군이 퇴각하며 남긴 수류탄을
예멘 반군이 챙긴 정보를 알고 나는 탄식한다*

정부군과 반군의 내전을 피해
한국으로 피난한 예멘인들은
한국에서 만든 수류탄이 예멘에서 터져
사상자가 생긴 걸 모르고,
예멘인을 난민으로 인정하지 않는 한국인들은
예멘에서 터진 수류탄으로
한국이 돈 번 걸 모르는 무관심에 나는 비탄한다

전쟁이 사람들을 더욱 빈자와 부자로
더욱더 약자와 강자로 벌려놓는다고 믿는
나는 통탄한다
육이오 전쟁으로 초토화된 국가에서 살아남은 한국인들
이

러시아에 침략당한 우크라이나에
폴란드가 오래된 무기를 지원하고,
폴란드에 새로운 무기를 판매하여
한국이 부강해지는 문제에 대하여
의문하고 고민하지 않는 사실을 나는 통탄한다

* 「이용석의 전쟁이 묻지 않는 것들」(〈오마이뉴스〉 인터넷판(2022. 8. 12.)에 '예멘 후티
반군이 예멘 정부군으로부터 획득한 무기에서 발견된 한화의 세열수류탄'이라는
설명과 함께 게시된 사진.

원자력발전소

1986년 체르노빌 원자력발전소에 사고가 난 후
우크라이나에는 수많은 주민이
방사능에 노출되어 대대로 질병에 시달리고 있다

2022년 우크라이나를 침공한 러시아가
체르노빌을 점령한 후
방사능에 오염된 원자력발전소 지역을 통과했기에
머지않아 대대로 질병에 시달릴지도 모른다

요즘 한국은
당대에 누구나 방사능에 피폭되어
온갖 질병에 고통스러울 수 있어도
노후한 원자력발전소를 연장하여 가동하겠다는데
후대에 누구나 방사능에 피폭되어
온갖 질병에 고통스러울 수 있어도
원자력발전소 기술을 타국에 수출하겠다는데
격렬하게 반대하는 국민이 별로 없다

오직 돈이 되기에

우크라이나를 침공하여 체르노빌을 점령한 군인들에게

방사능에 오염된 원자력발전소 지역을 통과하게 한 러시
아 권력자들,

오로지 돈을 벌어들일 수 있다면

노후한 원자력발전소를 연장하여 가동하고

원자력발전소 기술을 타국에 수출하겠다는 한국 권력자
들,

그들의 공통점이 무엇일까?

하이마스*

사람을 칭송해야 하는 시인인 나는
지금 사람을 죽이는 무기를 찬양하겠다

다연장로켓 시스템을 장갑트럭에 올린 하이마스
한 번에 정밀 유도 로켓 6발을 발사하는 하이마스
최대 77km를 날아가서 터지는 무기 하이마스

그 하이마스를 미국으로부터 제공받은
우크라이나군이 러시아군을 타격했다는
정보만으로도 나는 고양된다

제국주의 망령에 사로잡힌 러시아 통치자와 군부는
러시아에 위험한 국가는 점령해야 한다는 목적으로
우크라이나를 침공한 전범,
수많은 민간시설을 파괴하고
수많은 민간인을 살상하고
수많은 피난민을 만들었다

그러나 나는 시인으로서

러시아 보통 사람들은 전쟁을 반대한다고 믿으면서

전쟁에 참가한 우크라이나 보통 사람들을 위무하겠다

* 하이마스: HIMARS, 고속기동포병 로켓 시스템.

흑토黑土

세계 곡창지대의 하나인
우크라이나는 흙에 유기물이 많아
검어진 흑토에서 자란 곡물을
각국에 수출한다

식량이 부족하면
국민이 굶주리고
국민이 죽으면
국가가 사라진다는
간단한 논리에서
러시아는
우크라이나를 침공했을 것이다

러시아는 우크라이나를 점령하여
흑토에서 키운 곡물로
자국민을 배불리 먹이면서
조국을 위해 전쟁을 계속하게 할 것이다

제2부

머리와 심장

미얀마 시인 켓띠 씨가 죽었다고
군부에 끌려갔다가
장기가 적출된 채로 돌아왔다고
나는 강화에서 신문 기사를 읽는다

"그들은 머리에 총을 쏘지만 우리 심장 속 혁명을 모른다"
"그들은 머리에 총을 쏘지만 혁명은 심장에 있다는 것을
알지 못한다"
"군부는 우리의 머리에 총을 쏘지만 우리의 저항 정신은
심장에 있기 때문에 영원히 살아 있을 것이다"

언론마다 조금씩 달리 번역한
미얀마 시인 켓띠 씨의 명문장을 읽은 날에
강화군 지방공무원 일부가 행하는
부당한 공무 행위에나 분개하는
내 머리가 어질어질하고
내 가슴이 벌렁벌렁한다

한국의 군부독재 시절,
나도 혁명을 꿈꾸었으면서도
전혀 떠올리지 못했던
명문장 앞에서 고개를 숙이며
시인이라 해서 다 위대하지 않고
위대한 시인만이 위대하다고
미얀마 시인 켓띠 씨는 위대한 시인이라고
총 맞지 않은 머리와
장기가 말짱한 가슴으로
나는 강화에서 새삼 통절한다

저항 시인들

한국 강화군청 앞에서
공정하지 않은 군수를 향해 1인 시위하며
내가 꽃나무에 활짝 핀 꽃을 바라보는 날들에
미얀마 사가잉 지역에서
군부와 싸우던 저항 시인 셋이 죽었다
그자윈 시인과 찌린아이 시인은
군부가 쏜 총에 맞아 죽었다고 하고,
세인윈 시인은 군부의 사주를 받았을 누군가
갑자기 머리에 휘발유를 들이붓고
불을 질러 타 죽었다고 한다
나는 한 번도 본 적 없는 저항 시인들,
미얀마 사가잉 지역에서 순교한 저항 시인들을 떠올리다
가
몹시 괴로워 오늘 이런 시를 쓴다
종일토록 장대비가 내리고
꽃나무에서 꽃이 떨어지고
한국 강화에 여름이 왔다
미얀마 사가잉 지역은 우기이겠지

살아남은 저항 시인들은 빗줄기를 바라보며

죽은 저항 시인들을 그리워하며 또다시 저항시를 쓸 테고,

우기가 지나가겠지

한국 강화에서도 여름이 지나가겠지

공정하지 않은 군수를 향해 1인 시위하다가

문득 잎사귀가 무성한 꽃나무를 쳐다보면서

미얀마 사가잉 지역에서 총을 난사하는 군부와 싸우는
저항 시인들이

우기가 지나간 뒤에는 최후의 승자가 되기를 빈다

나는 한국 강화에서 법조문의 빈틈에 들어가 사익을 도모
하는 군수에게

여름이 지나간 후일지라도 내가 승리하기를 원한다

암유

미얀마 4월을 말할 때도
한국 4월을 말할 때도
봄은 암유이다

한국이 따뜻한 봄철일 때
미얀마는 무더운 건기이고
한국이 가장 따뜻한 4월일 때
미얀마는 가장 무더운 4월이지만
지금 한국이 봄이라면
지금 미얀마도 봄이다

군부의 총에 맞선
버마족 진투아웅 씨의 자유를 말할 때도
군부의 총에 달아난
로힝야족 쿄투린 씨의 자유를 말할 때도
봄은 암유이다
내가 버마족 진투아웅 씨의 자유를 말할 때도
내가 로힝야족 쿄투린 씨의 자유를 말할 때도

봄은 암유이다

그 봄에
버마족 진투아웅 씨가 로힝야족 쿄투린 씨를 위해
군부의 총을 향하여 총을 겨눈다면
로힝야족 쿄투린 씨가 버마족 진투아웅 씨를 위해
군부의 총을 향하여 총을 겨눈다면
버마족과 로힝야족은 서로에게 암유이다

4월

이 봄날
한국 강화군에 있는 내 집 마당에는
과실수가 꽃 활짝 피우고 있는데
미얀마 카렌주에 있는 당신 집 마당에도
과실수가 꽃 활짝 피우고 있을까

오래전 4월에
한국에서는 시위하다가 죽은 주민이 있었고
지금 나는
그해 봄을 미완성 혁명이라고 부르고
주민들은 미완성 혁명으로 오래 고통받았지만
지금 4월에
미얀마에서 시위하다가 죽은 주민이 있으니
나중에 당신이
올해 봄을 미완성 혁명이라고 부르지 않도록
주민들이 혁명을 완성하여 고통받지 않기를 바란다

이 봄날

세계지도를 펴놓고 손가락으로 짚어보면
한국 강화군의 위도는 30도와 45도 사이
요즘 과실수가 꽃 활짝 피우고 있는데,
미얀마 카렌주의 위도는 15도와 30도 사이
요즘 과실수가 꽃 활짝 피우고 있을까
한국 강화군과 미얀마 카렌주가
실제로 얼마나 떨어져 있는지
나는 알아보지 않겠다
내 집 마당에는 과실수 말고도
꽃 송이송이 피운 꽃나무가 많이 있는데
당신 집 마당에도 과실수 말고도
꽃 송이송이 피운 꽃나무가 많이 있을까

후원금 모금

미얀마 민주화 이후 어느 봄,
군부가 로힝야족을 무자비하게 대학살할 때
권력자 수치 여사가 침묵한다는 나의 비난을
버마족 민아우튼 씨는 애써 듣지 않았다

다시 군부가 쿠데타로 국가를 장악한 올봄,
한국에서 이주노동자로 일하는
민아우튼 씨가 가담한
미얀마 민주화 세력을 지지하기 위하여
한국 문학인들이 후원금을 모금하기로 하였다

미얀마 과거 군부독재 시절
한국 문학인들과 만난 자리에서 고발하던
버마족 민아우튼 씨와 그 동지들과
저녁밥밖에 함께 먹지 못했지만
미얀마가 민주화를 이룬 이후
민아우튼 씨와 그 동지들은
군부가 로힝야족에게 자행한 무자비한 대학살에 대하여

한국 문학인들에게 고발하지 않았다

올봄, 후원금 모금이 시작되자마자,
나는 송금하면서
어느 봄, 로힝야족이 군부에게 무자비하게 대학살당할
때
권력자 수치 여사를 따라서 침묵하던
버마족 민아우툰 씨와 그 동지들을 떠올리다가
로힝야족의 아픔과 슬픔에 동참하기 위하여
한국 문학인들이 결코 후원금을 모금하지 않았다는 사실
이
나는 너무나 부끄러웠다

피켓

미얀마연방공화국을 쿠데타로 장악한 군부가
버마족을 향해 총을 난사할 때,
청년인 누군가가
이런 문구가 적힌 피켓을 들고 찍힌 사진을 나는 본다
'70일 동안 700명밖에 죽지 않았다.
유엔은 천천히 하라.
우린 여전히 수백만 명 남아 있다'

여기 한국 강화에 봄이 왔다 가는 사이
꽃이 피었다가 지곤 다시 피지 않아
한국 노인인 나는 꽃을 꺾어 들 망정
이제 자유를 위하여 피켓을 들지 않는다
거기 미얀마 만달레이에는 봄이 없어
꽃이 피어도 빨리 지지 않을까
미얀마 청년인 누군가는 꽃을 꺾어 들지 않고
언제나 자유를 위하여 피켓을 들고 있을까

미얀마연방공화국에서 실권을 행사했던 군부가

로힝야족을 향해 총을 난사했을 때

청년인 누군가에게

이런 문구가 적힌 피켓을 든 사진을 찍혔느냐고 나는
묻고 싶다

'로힝야족은 대량 학살되었다.

버마족은 침묵을 사죄하자.

로힝야족이 몇 명 살아남았는지 모른다.'

사상자와 감염자

사상자와 감염자라는 낱말을 유난히 자주 읽게 되는
봄, 나는
미얀마 라카인주에서 탓마도에 쫓기던*
로힝야족이 당신 아니었는지
미얀마 수도 양곤에서 탓마도에 밀리던
버마족이 당신 아니었는지
생각한다

당신이 총에 맞아 사상자가 되었는지 알고 싶고
당신이 코로나19 바이러스에 감염자가 되었는지 알고
싶은
봄, 나는
당신이 로힝야족인지 버마족인지 구분되지 않아서
내가 당신이라는
당신이 나라는
착각마저 한다

아무리 내가 생각하고 착각마저 해도

로힝야족이 탓마도의 총을 맞고 사상자가 되었을 때
그 자리에 사상자가 된 버마족도 있었는지
버마족이 탓마도의 총을 맞고 사상자가 되었을 때
그 자리에 사상자가 된 로힝야족도 있었는지
사실대로 알 수 없는
봄, 나는
사상자와 감염자라는 낱말을 유난히 자주 읽다가
로힝야족이 되기도 하면서
버마족이 되기도 하면서
미얀마에 사상자와 감염자가 생기지 않기를
소망한다

* 탓마도(Tatmadaw)는 미얀마 군대의 이름.

광주와 만달레이

그 봄에 당신은 대한민국 광주에서 죽었다
이 봄에 당신은 미얀마 만달레이에서 죽었다
늘 죽었던 당신,
코로나19 바이러스에 감염되어 죽지 않았고
소총에 맞아 죽었을 때
꽃들이 지고 있었다

그 봄에 당신은 대한민국 광주에서 살아났다
이 봄에 당신은 미얀마 만달레이에서 살아났다
늘 살아났던 당신,
코로나19 바이러스에 감염되고도 살아났고
소총에 맞고도 살아났을 때
꽃들이 피고 있었다

로힝야족이 학살당했던 미얀마 그 봄에
꽃들이 피고 있었던가? 꽃들이 지고 있었던가?
버마족 당신은 울지 않았다던가?

버마족 당신이 학살당했던 미얀마 이 봄에
꽃들이 피고 있었던가? 꽃들이 지고 있었던가?
로힝야족은 울었다던가?

어느 봄에는
꽃들이 지고 있었고
대한민국 광주에서도 미얀마 만달레이에서도 당신은 죽
었다
어느 봄에는
꽃들이 피고 있었고
대한민국 광주에서도 미얀마 만달레이에서도 당신은 살
아났다

터메인

올봄,

어린아이 적 볕 잘 드는 고향집 마당 빨랫줄에 널린

할머니 어머니 치마에 숨어 놀던 까닭이

젖 내음이 묻어 있어서였을까

새물내가 좋아서였을까

자주 생각해본

올봄,

미얀마에서 여성들이 골목 양옆 전신주에

빨랫줄을 이어 매고는 터메인을 걸어두었는데*

그 밑을 지나가는 남자는

사내 구실을 못 하게 된다는 오래된 미신이 있어

군인들이 데모대를 진압하러 골목에 들어서다가

그만 군홧발을 멈추어버렸다는 신문 보도를 접한

올봄,

코로나19 바이러스의 세계적 대유행으로

두문불출하고 우울하게 지내던 차에

미얀마에서 쿠데타를 일으키고

무자비하게 탄압하는 군부에 맞서

거리에서 투쟁하는 시위대 행렬에서
여성들이 가장 앞서서 나아가다가
한 젊은 여성이 총에 맞아 죽었다는 소식을 듣고
무척 침통해진 아내에게 신문 보도를 전한
올봄,
아내와 함께 너무나 통쾌하여서 하하하 웃음을 웃은
올봄,
어린아이 적 볕 잘 드는 고향집 마당 빨랫줄에 널린
할머니 어머니 치마에 숨어 놀던 까닭을
아예 생각하지 않게 된
올봄,

* '미얀마의 여성 혐오적 미신이 무력 진압에 열을 올리는 군경의 발을 묶었다. 미얀마에는
남성이 빨랫줄에 걸려 있는 터메인(여성들이 허리에 둘러서 입는 전통 치마) 밑으로
지나갈 경우 남성성을 잃는다는 오랜 믿음이 있다.'((경향신문) 인터넷판(2021. 3.
5.) 「여자 치마 걸어두면 진입 못 하는 미얀마 군부, 미얀마 여성들의 반격」)

총알과 코로나19 바이러스

쿠데타군이 쏜 총알에 맞아
미얀마 만달레이에서 죽은 당신들이
코로나19 바이러스에 감염되고도
중국 우한에서 다른 당신들로 살고 있다는 소식이
한국 강화에서 아파하는 나에게 전해졌다

코로나19 바이러스에 감염되어
중국 우한에서 죽은 당신들이
올해 올봄, 쿠데타군이 쏜 총알에 맞고도
미얀마 만달레이에서 다른 당신들로 살고 있다는 소식이
한국 강화에서 아파하는 나에게 전해졌다

미얀마 군부가 중국 공산당으로부터 지지받고
중국 공산당이 미얀마 군부를 지지한다 해도
중국의 주민으로 죽은 당신들이 미얀마의 다른 당신들로
살아 있어
나는 미얀마 군부를 지지하는 중국 공산당을 비난했고
미얀마의 주민으로 죽은 당신들이 중국의 다른 당신들로

살아 있어

　나는 중국 공산당으로부터 지지받는 미얀마 군부를 비난
했다

　아, 당신들, 다른 당신들,
　총알을 쏘는 쿠데타군과 싸웠고
　코로나19 바이러스와 싸웠던
　당신들과 다른 당신들이 다함께
　미얀마 만달레이와 중국 우한에서
　미얀마 군부와 중국 공산당과 싸우는 시간을
　한국 강화에서 나는 아프게 느낀다

해마다 달마다 날마다

한국에서 내가 괭이를 들고 허리 굽혀 밭을 뒤집어
씨 뿌리기를 준비하는 봄에
미얀마에서는 길바닥에 무릎 꿇고 총구를 막은 수녀 앞에
총을 든 한 경찰이 마주 무릎 꿇고 앉았다고 전해진다

미얀마엔 봄에 코로나19 바이러스가 번지고 있지 않나?
한국엔 봄에 코로나19 바이러스가 번져 거리두기를 하고
있다

군사 반란을 일으켜
민주 세력을 압제한 군부를
한국에서 이미 오래 보아온 나는
로힝야족을 학살하고
버마족에게도 총을 쏘는 군부가
낯설지 않은 봄에
카렌족 아내를 맞이한 친지는
시위에 참가한 처갓집 식구들로 해서
속이 새카맣게 타고 있을 터여서

나는 안부조차 물을 수 없다

미얀마엔 코로나19 바이러스가 번지고 있지 않나?
한국엔 코로나19 바이러스가 번져 거리두기를 하고 있다

어쩌면 언제부턴가 해마다 늘 봄일지도 모를 미얀마,
어쩌면 언제부턴가 달마다 늘 봄일지도 모를 미얀마,
어쩌면 언제부턴가 날마다 늘 봄일지도 모를 미얀마,
한국에서 내가 텃밭을 돌보며 지내는 봄에
미얀마에서는 누군가 죽이고 누군가 죽고 있어도
또 누군가는 괭이를 잡고 허리 굽혀 밭을 뒤집어
씨 뿌리기를 준비하고 있을 것이다

꿈과 꽃

어느 봄에
나는 혁명을 꿈꾸며 참꽃을 보았다
어느 봄에
나는 전복을 꿈꾸며 참꽃을 보았다

올봄에
당신은 군부에 항쟁한다
당신은 혁명을 꿈꾸며 어떤 꽃을 보는가
올봄에
당신은 쿠데타군과 결전한다
당신은 전복을 꿈꾸며 어떤 꽃을 보는가

어느 봄부터
내가 혁명과 전복의 상징으로 삼았던 참꽃이
여기에선 이미 지고 없다

어느 봄부터
당신이 혁명과 전복의 상징으로 삼았던 어떤 꽃이

거기에선 이제 피어나고 있겠다

올봄에
나는 코로나19 바이러스 감염을 염려할 뿐
혁명을 꿈꾸지 않는다
올봄에
나는 대한민국 강화에서 미얀마 만달레이를 걱정할 뿐
전복을 꿈꾸지 않는다

수배령

한국에 이주노동자로 불법 체류하는 당신들을
미얀마 군부가 수배령을 내렸다

나는 당신들을 미얀마인이라고만 여겼지
와족인지 카야족인지 팔라웅족인지
부족으로 갈래지어 생각하지 않다가
미얀마 군부 세력이 버마족이고
미얀마 민주 세력이 버마족이고
당신들도 미얀마 주류인 버마족이라는 걸
비로소 알게 되기도 했고,
한국에서 노동하는 당신들은
미얀마 비주류인 와족으로 카야족으로 팔라웅족으로
쿠데타에 항거한다는 걸
새삼스레 알게 되기도 했다

한국에 코로나19 바이러스가 유행하고
미얀마에 코로나19 바이러스가 유행한다
한국에서 이주노동자로 불법 체류하며 번 돈을

민주화운동에 쓰이도록 보낸다는 이유로
미얀마 군부가 수배령을 내렸다는 당신들을 생각하면
내가 당신들의 이웃으로 살고 있다는 사실에 감동한다
아무쪼록 당신들이 코로나19 바이러스에 감염되지 않기
를 기구하겠다

마스크와 세 손가락

한밤에 자주 잠을 깼다가
다시 잠을 청하기 일쑤인 나날,
잠깐잠깐 깨어 있는 시간마다
나에겐 당신이 떠오르곤 한다

나는 고요하고 쓸쓸한 한국 강화 시골집에서
총소리 가득한 미얀마 만달레이 거리에서
시위대 맨 앞에 선 당신을 상상한다
여성이며 남성일 당신이
날마다 무사하기를 기도하고
청년이며 노인일 당신이
끝까지 저항하기를 기원하며
아이이며 어른일 당신이
오로지 승리하기를 소원한다
버마족이며 로힝야족일 당신이
샨족이며 카렌족일 당신이
마침내 평화하기를 빈다

한밤에 자주 잠을 깼다가
다시 잠을 청하기 일쑤인 나날,
잠깐잠깐 깨어 있는 시간마다
뜨거운 햇볕 아래서 마스크를 쓴 채
벽돌을 주워서 날라다 놓고는
세 손가락을 든 당신을 떠올리거나
쿠데타군이 정조준한 총구를 향하여
세 손가락으로 경례하는 당신을 떠올리곤 한다

얼굴도 모르고 이름도 모르는 당신,
목소리도 듣지 못했고 눈빛도 보지 못한 당신,
쿠데타군이 쏜 총알에 맞지 않았는지 걱정한다

한국 강화에서, 미얀마 양곤에서

한국 강화에서 코로나19 바이러스로
문밖출입하지 못하는 봄,
나는 마당가에 핀 꽃을 보다가
미얀마 양곤에서 군부가 겨눈 총구 앞에서
시위하는 흘라잉윈 씨가 로힝야족에게 사죄했고
로힝야족은 흘라잉윈 씨를 용서했다는 소식을 듣는다

미얀마의 소수민족, 로힝야족을
인종과 종교가 다르다는 이유로
미얀마의 주류, 버마족 군부가
무참히 유린했을 때
미얀마의 주류, 버마족 흘라잉윈 씨가
오래 침묵하다가
이제야 참회한 건 늦었지만
권력을 잡기 위해서라면
동족과 국민을 무자비하게 학살해 버리는
동일한 적을 발견하여
이제부터 싸우는 건 늦지 않았다

군부가 인종과 종교가 다르다 해서
또 권력을 잡기 위해서
누구에게도 총구를 겨누지 않는
한국 강화에서 코로나19 바이러스로
문밖출입하지 못하는 봄,
미얀마 양곤에서 코로나19 바이러스에 감염되더라도
마당가에 핀 꽃을 보지 않고
거리로 나가 로힝야족과 나란히 군부 타도에 나섰을
흘라잉윈 씨를 생각하기 위하여
나도 꽃을 보지 않겠다는 소식을 전하고 싶다

장기臟器

2018년 2월, 미얀마인 공장노동자 윈톳쏘 씨가[*]
자동차 부품공장에서 추락하여
뇌사 상태에 빠졌다
그의 가족은 윈톳쏘 씨의 심장과 간과 좌우 신장을 기증하
여
한국인 네 명을 살리고
미얀마로 돌아갔다

2018년 9월, 미얀마인 건설노동자 소티 씨가[*]
점심을 먹던 식당에서
불법 체류자 단속반이 들이닥치자,
창문으로 뛰어내리다가 낭떠러지로 추락하여
뇌사 상태에 빠졌다
그의 가족은 소티 씨의 눈과 간과 좌우 신장을 기증하여
한국인 네 명을 살리고
미얀마로 돌아갔다

미얀마에서 군부가 쿠데타를 일으킨 2021년 봄,

윈톳쏘 씨 가족과 소티 씨 가족이 총 맞지 않고 살아남아
있을까?

누구의 장기를 받아 살아남아 있는지 모르는 한국인 여덟
명 각자는

미얀마에서 무자비하게 학살을 자행한 군부에 대해서
듣고

자신도 모르게 온몸이 떨려서 주체 못 하고 있을까?

* 윈톳쏘 씨(44세)와 소티 씨(27세)는 실존 인물이었다.

제3부

아프가니스탄 시인

평원과 고원과 산악으로 이루어진 나라에
시인들이 없으면
그 세 군데 지대를 누가 아울러 노래하겠는가?

파슈토어와 디리어와 투르크멘어를 쓰는 나라에
시인들이 없으면
그 세 가지 언어를 누가 다 써서 이야기하겠는가?

소련군이 침공하고 미국군이 공격하고 탈레반군이 점령
한 나라에
시인들이 없으면
그 세 번 전쟁을 누가 육성으로 증언하겠는가?

시인들이 부르는 슬픈 노래를
한 마리의 새가 듣고는 다른 새에게 전하러
평원과 고원과 산악을 날아다니며 부르고,
시인들이 들려주는 괴로운 이야기를
한 줄기의 바람이 듣고는 다른 바람에 섞여서

파슈토어와 다리어와 투르크멘어로 통역하여 들려주고,
시인들이 외치는 아픈 증언을
한 개의 돌멩이가 듣고는 다른 돌멩이에게 다가가
소련군과 미국군과 탈레반군을 맹비난한다

아프가니스탄에서 시인들은
새와 바람과 돌멩이를 진짜 시인이라 호칭한다

전통 의상

머리에서 발목까지 덮어쓰는 검은 부루카를
아프가니스탄 여성의 전통 의상으로 알다가
얼굴 환히 드러나는 형형색색 찬란한 드레스가
아프가니스탄 여성의 전통 의상이라는 걸 알게 됐다

아프가니스탄을 장악한 탈레반이
부루카 착용을 강제하자,
오로지 저항하기 위하여
아프가니스탄 여성들이
드레스를 곱게 차려입고
거리를 활보하기 시작했다

탈레반이 재집권한 아프가니스탄에서
전통은 수구가 아니라 전위였다
전통 의상을 입은 아프가니스탄 여성들을 찍은
사진에서 눈을 떼지 못했다

아름다웠다!

한 번도 아프가니스탄에 가보지 못했어도
한 명도 아프가니스탄인을 만나보지 못했어도
전통 의상을 입은 아프가니스탄 여성들이 늘어날수록
탈레반이 퇴화하거나 진화하리라 믿어졌다

뜻밖의 정보

라일라 씨는 한국에 와서
아프가니스탄 농촌 사람들은
탈레반을 환영한다는
뜻밖의 정보를 처음 들었다

아프가니스탄에서도 가장 큰 도시
카불에서만 살아온 라일라 씨는
미군이 농촌을 폭격하여
집이 무너지고 여성들이 죽었다는 사실보다
미군이 있어 안전한 도시에서
여성들이 부르카를 입지 않고
거리를 걷고 수다를 떨며 살았다는 사실만
또렷하게 기억하고 있었다

어쩌면 탈레반 치하에서도 살아남는 법을 알아서
아프가니스탄을 한 나라로 존재하게 하는 사람들은
농촌 사람들일 수 있겠다는 생각이 드는 순간,
한국에 와 있는 라일라 씨는

아프가니스탄에 남아 있는 농촌 여성들을 위해
자신이 할 수 있는 일을 고민하기 시작했다

아프가니스탄에서도 못사는 농촌에서
집집마다 곡식을 내다 팔고도
여성들이 식량을 걱정하지 않도록
해마다 풍작이기를 마음속으로 비는 수밖에
라일라 씨가 한국에서 달리할 수 있는 일이 없었다

연날리기 금지

아이들 연날리기를
탈레반이 금지하였다고 한다

바람 부는 날이면 언덕에 올라
연을 날리는 아이들이
먼 하늘 아래 먼 산 너머 먼 세상을 꿈꿀까 봐
탈레반이 두려워했을까

나는 아이 적에
높이 멀리 다른 세상으로 갈 수 없어
바람 부는 날이면 언덕에 올라
연을 날리며 꿈을 꾸었다
높은 마음을 품는 꿈
멀리 떠돌아다니는 꿈
다른 세상을 만드는 꿈

아프가니스탄 아이들이 꿈을 꾸기 시작하면
남녀 아이가 한 교실에서 내내 공부하는 꿈

거리에서 음악가들의 연주와 노래를 실컷 듣는 꿈
부르카를 쓰지 않은 엄마의 얼굴을 마음껏 보는 꿈
그 꿈들을 없앨 수 없다는 걸
탈레반은 알고 있었나 보다
아프가니스탄 아이들이
바람 부는 날이면 언덕에 올라
먼 하늘 아래 먼 산 너머 먼 세상으로 연을 날리다 보면
탈레반을 축출하는 꿈도 꿀 수 있다는 걸
탈레반은 알고 있었나 보다

공중목욕탕 이용 금지

탈레반 어느 지방정부 권선징악부에서
아프가니스탄 여성들에게
공중목욕탕 이용을 금지하였다

대다수 가정이 극빈하여서
집에서 물을 덥힐 수 없고
푼돈을 한 푼 두 푼 모아야
공중목욕탕에 간신히 갈 수 있는
아프가니스탄 여성들에게,
이슬람 율법에 따라
청결과 정화를 위한 기도 의식을
공중목욕탕에서 올리기도 했던
아프가니스탄 여성들에게
공중목욕탕 이용을 금지한
탈레반 어느 지방정부 권선징악부는
권선의 대상이 아니라 징악의 대상이었다

탈레반은 젊은 엄마한테서 아기로 태어나지 않았다고

믿는가

　그래서 전쟁에서 죽지 않고 전사로 살아남아 있기에

　늙은 엄마가 깨끗하고 따뜻하게 겨울을 나는 게 싫은가

아프가니스탄계 한국인 1

탈레반이 점령한 아프가니스탄을 탈출한
아프가니스탄인 중에서
독일의 미군 기지에 머무는 여성 2천 명이
임신한 상태로 왔다고 해서
나는 탄성을 질렀다

전쟁 중인 조국에서도
서로 뜨겁게 사랑하는 법을 잊지 않은
아프가니스탄인들을 상상하면서
나는 한국으로 온 아프가니스탄인들도
가임이 가능하여 아기를 낳는다면
아프가니스탄계 한국인이 점점 많아져서
한국이 더 힘차고 더 아름답고 더 그윽한
국가로 진화해 가겠다 싶었다

탈레반이 아프가니스탄 여성들을 부자유하게 할 때
한국에선 아프가니스탄 여성들이 자유롭게
탈레반 치하에서 무시되는 여성에 대하여 널리 알리고

한국에서 노동하는 여성에 대하여 깊이 알아서
아프가니스탄계 한국인으로 정착하기를
나는 마음속으로 바랐다

아프가니스탄계 한국인 2

아프가니스탄에서 엄마 아빠 따라 한국에 온 아이가
아프가니스탄의 다리어를 잘 읽고 잘 쓸 줄 알고
한국의 한글을 잘 읽고 잘 쓸 줄 알면
시인이 되겠다

다리어로는 한국에 대하여
한국에서도 허드렛일하러 나가는 여성들과
아무 데나 버려진 플라스틱과 부패한 정치가에 대하여
시를 써서 아프가니스탄 잡지에 발표하겠다

한글로는 아프가니스탄에 대하여
아프가니스탄에서도 부르카를 입지 않으려는 여성들과
건물이 파괴된 거리와 총을 든 탈레반에 대하여
시를 써서 한국 잡지에 발표하겠다

아프가니스탄에서 엄마 아빠 따라 한국에 온 아이가
조국의 언어와 망명국의 언어를 시어로 구사하는
아프가니스탄계 한국인으로 자라서

시인이 된다면,
그 아이에게
행동할 일이 많은 아프가니스탄을 위해
다리어가 수많은 동사를 데려와서 골라 보라 할까
구경할 거리가 많은 한국을 위해
한글이 수많은 부사를 데려와서 골라 보라 할까

아프가니스탄계 한국인 3

탈레반이 장악한 아프가니스탄에선
거리 음악이 사라졌다고 한다
이슬람 율법을 좀먹기 때문에
공연을 금지시켰다고 한다

아프가니스탄에서 한국인을 도운
엄마 아빠 따라서 비행기를 타고
한국으로 올 수 있었던 아리아나 소년,
장래 희망이 거리에서 노래를 부르는 가수,
아프가니스탄인으로선 이제 이룰 수 없는 꿈이고
한국인으로선 언제나 이룰 수 있는 꿈이다

탈레반이 민요가수 안다라비 씨를 총으로 쏴 죽였다며*
침통해 하는 엄마 아빠의 말씀을 들으면서
아리아나 소년은 어슴푸레하게 이런 생각을 한다

소년이 꿈을 이룰 수 있는 나라라면
그곳이 조국이다

소년이 꿈을 이룰 수 없는 조국이라면

그곳은 나라가 아니다

* 'AP통신은 (중략) 지난 27일 민요가수 파와드 안다라비가 탈레반 대원들에 의해
  사살됐다고 보도했습니다. 안다라비는 깃작(ghickhak)이라 불리는 현악기를 연주하며
  조국인 아프간과 자신의 고향을 자랑스럽게 묘사하는 전통 노래를 즐겨 불러왔습니다.'
  〈MBN뉴스〉 인터넷판(2021. 8. 30.) 「민요가수 살해한 탈레반… "사람 즐겁게 했을
  뿐인데, 머리에 총탄"」 중에서.

추석, 이드 알아드하

추석이란
일 년 농사지은 곡식을 거두고는
조상에게 감사하는 마음을 지니고
햇곡식으로 음식을 장만하여
이웃과 나누어 먹는 명절날이라는 걸
한국에 온 아프가니스탄인들이 알았다

이드 알아드하란
농사짓기 어려운 척박한 땅에서 기른
양이나 염소를 잡아서
이웃과 나누어 먹는 축제 날이라는 걸
아프가니스탄인을 만난 한국인들이 알았다

한국의 추석 명절날과
아프가니스탄의 이드 알아드하 축제 날은
일 년 중 매우 닮은 특별한 날,
어떤 한국인들은 한국에 온 아프가니스탄인들과
추석 명절날에 송편과 과일을 나누어 먹었으니,

어떤 아프가니스탄인들은 한국인들과 만나면서
이드 알아드하 축제 날에 양이나 염소를 사서 잡아
이웃 한국인들과 나누어 먹기를 기다리겠다

부르카 1

타마나 씨가 한국에 와서 가장 좋은 건
부르카를 입지 않고
거리를 활보할 수 있다는 것,

타마나 씨가 딸아이 둘 낳아 기르던 동안
부패한 정권 아래서는 부르카를 입지 않아도 되었지만
탈레반 점령 아래서는 부르카를 입지 않으면 안 되었다

탈레반은 여자에게 부르카를 강제하여
눈으로 나타내야 하는 속마음을 나타내지 못하게 했고
입으로 전해야 하는 속말을 전하지 못하게 했고
표정으로 드러내야 하는 속사정을 드러내지 못하게 했다

오늘 타마나 씨는 부르카를 입지 않은
두 딸아이와 함께
한국인 얼굴과 마주하며 거리를 활보하다가
이따금 하늘을 향해 얼굴을 쳐든다

푸르고 높다
아프가니스탄에서 올려다보는 하늘보다
한국에서 올려다보는 하늘이
더 푸르고 더 높다

타마나 씨는 이미 하늘에
속마음과 속말과 속생각이 다 알려진 것 같았다

부르카 2

아프가니스탄에서 부르카를 안 입는 것을
미국 덕분이라고 말하면
미국의 잘못을 덮게 된다는 주장을,
아프가니스탄에서 부르카를 입는 것을
탈레반 때문이라고 말하면
탈레반의 잘못을 드러내게 된다는 주장을
타마나 씨는 들었다

한국에 와서 들은 두 주장이
타마나 씨는 다 일리 있다고 여기면서도
아프가니스탄에서 부르카를 안 입는 것이
왜 미국을 문명국으로 보이게 만든다는 건지 잘 모르겠고
아프가니스탄에서 부르카를 입는 것이
왜 탈레반을 야만인으로 보이게 만든다는 건지 잘 모르겠
다

다만 누구나 인간이고
모든 옷은 몸을 보호하므로

스스로 옷을 선택하여 입을 수 있도록 놔둬야

국가라는 생각을 하면서

타마나 씨는 한국에서 마음에 드는 옷을 사 입었다

특별기여자

아프가니스탄에서 통역가로
한국인에게 도움을 준 압두르 씨는
한국에 특별기여자로 입국했다

한국인과 함께 오랫동안 일하여
한국어를 웬만큼 구사하는 압두르 씨가
가장 좋아하는 말은 안녕하세요
가장 맛있어 하는 음식은 된장찌개
가장 멋있어 하는 옷은 한복
압두르 씨는 어린 딸들이 한국에서
한국어를 잘 구사하며 자라기를 희망한다

아프가니스탄에서 살아오는 동안
압두르 씨가 한국인한테 배운 건
남녀가 동등한 사람이라는 마음,
한국에서 살아가는 동안
압두르 씨가 한국인한테 배우고 싶은 건
돈을 벌어서 자식들을 가르치는 데 쓰는 자세,

아프가니스탄에서 전쟁이 다시 일어나지 않는다 해도
어린 딸들이 성인이 된 후까지
머리에서 발목까지 부르카를 덮어쓰게 하는 한,
압두르 씨는 결코 귀국하지 않겠다고
한국에서도 통역가가 되겠다고 결심했다

아프가니스탄 아이

아프가니스탄에서 아빠 엄마 따라 한국으로 온 아이는
아프가니스탄에 남은 할아버지 할머니를 생각할 것이다
가을 들판에서 익어가는 벼들을 바라보며
할아버지 할머니가 짓던 농사를 떠올려볼 것이다
탈레반이 총을 쏘고 포탄을 터뜨리며
왜 사람들을 죽이고 건물을 파괴했는지,
왜 가족이 다급하게 집을 떠나 비행기를 타야 했는지,
그 이유를 아이는 다 이해하지 못하면서도
전쟁만 끝난다면, 전쟁만 하지 않는다면
시골에서 농사일을 하는 생활이 좋다던
할아버지 할머니를 몹시 걱정할 것이다

그리고 아프가니스탄에서 아빠 엄마 따라 한국으로 온
아이는
아프가니스탄에 남은 친구들을 생각할 것이다
가을볕이 따가운 날엔 운동장에서 공놀이하다가
가을비가 내리는 날엔 숙소에서 골목길을 내다보다가
축구 골대가 있는 학교 운동장과

골목길에 나가면 구멍가게가 있는 동네를
아이는 마음속으로 그리워할 것이다
이제 탈레반이 다스리는 아프가니스탄으로
왜 아빠 엄마는 영영 돌아갈 수 없는지
왜 한국에서 살아가야 하는지
그 이유를 아이는 다 이해하지 못하면서도
학교 문이 열려서 여 선생님 모두 출근해 잘 가르치고
있는지
친구들이 등교하여 잘 배우고 있는지 몹시 걱정할 것이다

학교

사르밧 씨가 어린 학생이었을 때
아프가니스탄을 점령했던 탈레반은
여자아이들이 등교하지 못하도록 했다

사르밧 씨는 부르카를 입고
그 안에 책을 감추고는
몰래 여는 지하학교에 다녔다

지하학교에는 선생님이 부족하여서
사르밧 씨는 고등학교 과정을 마치기도 전에
초등학교 아이들을 가르쳤다

탈레반이 전쟁에서 미국에 져서 퇴각한 후에
사르밧 씨는 대학을 나와서
정식으로 영어를 가르치는 교사가 되었다

사르밧 씨가 어진 선생님을 하고 있었을 때
다시 아프가니스탄을 점령한 탈레반은

여자 선생님들이 출근하지 못하도록 했다

양과 양탄자

아프가니스탄 평원지대에 사는
남자는 어린 아들과 함께
나무 지팡이 하나를 들고
풀을 찾아 양 떼를 몬다

아이 때 아버지를 따라다니며 배웠던 대로
이제 아버지인 남자는 아들을 데리고 다니며
양 떼를 풀어놓고 기르는 요령을 가르친다

그런 날 여자는 집 안에서 어린 딸과 함께 양탄자를 짠다
남자가 양 떼 중에서 암양만 골라 털을 깎아주면
여자는 갖가지 색으로 물들여 꼰 실로
남자와 어린 아들이 좋아하는 풍경을 넣어서
아프가니스탄에서 가장 아름다운 양탄자를 만들기 위해
집중하는데
    사실은 전쟁 없는 아프가니스탄을 상상하여 넣으려고
애쓴다
    오늘도 양 떼를 방목하는 평원지대에서

어디서 날아오는지 알 수 없는 총알에
언제 남자와 어린 아들이 쓰러질지 알 수 없어
여자와 어린 딸은 가슴을 졸여서 양탄자를 짠다

아프가니스탄 평원지대에서 살아가는 이 가족,
어느 편이 전쟁에서 이기든 지든 간에
남자들은 평생 동안 양 떼를 방목할 것이고
여자들은 평생 동안 양탄자를 짤 것이다

종전終戰

아프가니스탄에서 내전이 끝났을 때
가장 좋아한 사람은 농부들이었다

밭을 갈아서 씨를 뿌리고
곡식을 거두는 농부들에겐
누구도 피아가 아니었다

어느 쪽에서 날아오는지
정녕 알 수 없는 총알을 피하려면
땅바닥 가까이 몸을 낮추어서
곡식과 같이 지내는 방법뿐이라는 걸
농부들은 잘 알고 있었다

전쟁에서 이쪽저쪽
누가 이기든 누가 지든
농부들이 살아남을 수 있는 곳은
곡식이 자라는 밭이었다

아프가니스탄에서 내전이 끝났을 때
밭에 나와서 허리를 펴고 둘러볼 수 있어
너무 좋았던 농부들은
승자가 무얼 주장하는 쪽인지
패자가 무얼 주장하는 쪽인지
서로 의견을 별로 나누지 않았다

가난과 전기

아프가니스탄에서 해결해야 할 문제로
가난 퇴치와 전기 공급이라는
어느 미국 교수의 칼럼을 읽었다

한국이 너무 가난하여
아이들이 남포등을 켜놓고
방바닥에 엎드려 숙제한 뒤
낡은 동화책을 읽던 시절을
나는 떠올렸다

학교에 간 아침엔 수업하면서
가난한 이유에 대해서 배우고
집에 돌아온 오후엔 예습 복습하면서
저녁 늦게까지 공부할 수 있도록
전기를 일으킬 방법을 궁리해 보기도 했지만
어린 내 머리로는 불가능하였다

가난해서 전기를 일으키지 못하는가

전기를 일으키지 못해서 가난한가

아프가니스탄이 너무 가난하여
아이들이 남포등을 켜놓고
방바닥에 엎드려 숙제한 뒤
낡은 동화책을 읽고 있을 거라고
나는 상상하였다

제4부

환승 정류장에서

주변 도시들에서 버스가 오가는 환승 정류장에
노선이 다른 버스들이 섰다가 떠나도
젊은 외국인들이 마스크를 착용한 채
무언가 열심히 손짓하며 대화하고 있었다
마스크를 착용한 늙은 나는 벤치에 앉아서
젊은 그들에 의해 가려진 도로의 저쪽으로
연신 목을 빼어 환승할 버스를 기다리다가
젊은 그들 중 한둘과 눈을 마주치기도 했다
늙은 나는 집이 있는 강화로 가야 하는데
공장이 있는 양곡으로 가려는 걸까
농장이 있는 검단으로 가려는 걸까
공항이 있는 영종으로 가려는 걸까, 젊은 그들은
예멘에서 온 난민일까
아프가니스탄에서 온 특별기여자일까
아시아 각국에서 온 공장노동자일까
마스크를 착용하지 않았다 해도
피차 국적을 알 수 없는 젊은 그들과 늙은 나는
마스크를 착용하고 있어서

더욱 국적을 알 수 없는 사이여도
환승 정류장에서 아무도 개의치 않았다
각각 다른 버스를 타고 뿔뿔이 흩어질까
줄지어 같은 버스를 타고 다 함께 동행할까
아예 버스를 타지 않을까, 젊은 그들에 대해
늙은 나는 까닭 없이 궁금해 하다가
환승할 버스를 번번이 놓쳐버렸다

아무도 모른다

예멘에서 한국에 온 사람들과
아프가니스탄에서 한국에 온 사람들이
어떻게 사는지 모른다

어디선가
예멘 사람들과 아프가니스탄 사람들이
함께 출퇴근하는 직장이 한국에 생겨날지 모르고,
언젠가
예멘 사람들과 아프가니스탄 사람들이
이웃해 사는 동네가 한국에 생겨날지 모른다

누가
수니파든 시아파든
예멘 사람들이든 아프가니스탄 사람들이든
한국에 온 무슬림들은
코란에서 무력과 전쟁과 살상을 배우진 않았을 것이다

예멘에서 한국에 온 사람들과

아프가니스탄에서 한국에 온 사람들은
보통 한국인들을 닮을지 모르고,
보통 한국인들은
예멘에서 한국에 온 사람들과
아프가니스탄에서 한국에 온 사람들을 닮을지 모른다
그리하여 한 직장을 다니고 한동네에서 이웃하여
우스갯소리 할 때, 말다툼할 때, 노래 부를 때,
때마다 서로 다른 언어를 쓰며 살아가게 될는지
때마다 서로 같은 언어를 쓰며 살아가게 될는지
아무도 모른다

한국어

평생 시를 썼어도
한국어가 어려운 언어라고 여기는 나는
한국어를 잘 구사하는 이주노동자를 보면
절로 경외심이 생긴다

한국에서 태어나서부터
귀로 듣고 입으로 말하고 손으로 쓴
나에겐 모국어인 한국어,
한국에 와서 일하면서부터
귀로 듣고 입으로 말하고 손으로 쓰는
이주노동자에겐 외국어인 한국어,

시외버스를 타고 갈 때
국적이 달라 보이는 이주노동자 두엇씩
정류장에서 올라타서 앞뒤 자리에 앉으면
나는 일부러 귀를 기울이다가
대화하는 말소리가 한국어면
그들이 한국어를 터득하기까지 겪었을 난감함이

내가 한국어로 시를 쓰기 위해 겪었을 난감함보다
더 컸을 거라고 짐작하곤 한다

사람이 입는 것을 왜 옷이라고 의복이라고 의류라고 하는
지
사람이 먹는 것을 왜 밥이라고 음식이라고 식량이라고
하는지
사람이 사는 곳을 왜 집이라고 주택이라고 가옥이라고
하는지
나는 지금도 한국어를 골라 쓰느라고 애먹는다

난민촌과 강제수용소

방글라데시 난민촌에 머무는 로힝야족 여인,
나는 당신을 몰라도
한국 강화에서 상상하고는
수미야트 씨,
내 마음대로 작명한 이름으로 불러본다

중국 강제수용소에 갇힌 위구르족 여인,
나는 당신을 몰라도
한국 강화에서 상상하고는
아자트 씨,
내 마음대로 작명한 이름으로 불러본다

수미야트 씨,
아자트 씨,
지금 한국 강화에는 꽃들이 피어나 있어
나는 꽃향기를 맡으며
당신들도 꽃향기를 맡는지 궁금해하지만
지금 난민촌과 강제수용소에 꽃들이 피어나 있다 한들

당신들이 꽃향기를 맡으며
한국 강화에서 당신들을 상상하는 나를 상상할까

방글라데시 난민촌에 머무는 로힝야인 수미야트 씨,
중국 강제수용소에 갇힌 위구르인 아자트 씨,
두 분 다 공교롭게도 회교도인데
당신들이 서로 알지 못한다고 해도
꽃들이 뿜어대는 꽃향기를 맡으면
어쩌면 서로를 상상하여
각자 마음대로 작명한 이름으로 부를지도 모른다고
당신들이 나를 알지 못한다고 해도
꽃들이 뿜어대는 꽃향기를 맡으면
어쩌면 나를 상상하여
각자 마음대로 작명한 이름으로 부를지도 모른다고
나는 다시 상상한다

아랍어와 한글

예멘에서 썼던 아랍어를
전혀 쓸 수 없는 한국에 와서
교사 노동자였던 압둘라 씨는
식당 노동자가 되었다

압둘라 씨가 아랍어로
곧잘 학생들에게 들려주었던
하늘과 땅은 아름답고
그 새에 사는 인간은
더 아름답다는 문장을
한국에서 아무리 지껄여도
아무도 알아듣지 못했으므로
교실에서 가르칠 수 없었고
주방에서 설거지밖에 할 수 없었다

예멘에서 쓰는 아랍어와
한국에서 쓰는 한글은
직통하지 않았으므로

직업이 똑같을 수 없었다

한국에서 한글을 쓰는 식당 노동자가 된 압둘라 씨는
예멘에서 교사 노동자로서 썼던 아랍어로
인간은 누구나 땅에서 피는 꽃을 바라볼 시간과
어디서나 하늘에 떠다니는 구름을 쳐다볼 시간이
절대로 필요하다는 말을 일체 하지 않았다

위구르족 생각

투르수나이 지아우둔 씨,
중국 신장 위구르족 자치주 강제수용소에서 탈출하여
미국으로 망명한 당신이 인터뷰한 내용을 읽는다

필설로 다 할 수 없는
당신이 당한 고문을
인간이 행할 수 있다는 사실에 절망한다

투르수나이 지아우둔 씨,
당신은 이렇게 폭로했다
"매일 밤 많은 여성이 끌려 나가 정장 차림에 마스크를
쓴 남성들에게 강간당했다. 나도 세 차례 2, 3명에게 집단
강간당했다. 이런 일을 당하고 14명씩 수감된 방에 돌아와도
아무 말도 할 수 없었다. 그들은 영혼을 파괴하는 것이
목적이었다."*

당신을 비롯하여 수많은 위구르족 여성을
강제수용소에 구금해 놓은 중국 공산당 정권에 분노한다

투르수나이 지아우둔 씨,
올해 나이 42세인 당신에겐
살아갈 나날이 살아온 나날보다 더 남아 있고
신장 위구르족 자치구가 중국에서 분리 독립되는 날까지
당신은 오롯이 살아남을 수 있다는 말을 당신에게 전한다

* 〈머니투데이〉 인터넷판(2021. 2. 3.) 「위구르 족 수용소의 비극… '매일 밤 끌려가 성고문, 폭행'」 중에서.

티베트 망명정부

젊은 날에 어린이 그림책에 실을
달라이라마 이야기를 쓰기 위해
이런저런 자료를 읽으며
나는 티베트 망명정부를 상상했다

중국에 국토는 빼앗겼을망정
국혼國魂은 빼앗길 수 없어
인도가 빌려준 땅에
티베트 망명정부를 세우고
언젠가 돌아가기 위하여
티베트 난민들은 투쟁하고 있었다

고국으로 돌아가는 꿈,
조국으로 돌아가는 꿈,
모국으로 돌아가는 꿈,
티베트 망명정부가 티베트인들을 데려갈 것이다
티베트 난민들이 티베트 망명정부를 옮겨갈 것이다
모두 모여 살던 나라로 돌아가는 꿈,

모두 모여 살던 마을로 돌아가는 꿈,
모두 모여 살던 집으로 돌아가는 꿈,
평생 꾸는 티베트 난민들의 꿈이야말로
빨리 이루어져야 한다는 걸
나라도 마을도 집도 있는 나는 늙어서
이곳에서 영원히 떠날 때가 되어 겨우 이해한다

요즘 젊은 날을 돌이켜보니
내가 써서 어린이 그림책에 실은
달라이라마 이야기는 아주 짧아야 해서
티베트 망명정부에 대해 말하지 못했다

내가 가보지 못한 국가

내가 가보지 못한 국가에서
군부가 쿠데타를 일으켰다고 하고
민중은 저항한다고 한다

한국에선 수십 년 전
군부가 쿠데타를 일으켰을 때
민중은 저항했고
군부가 총을 쏘았을 때
민중은 돌멩이를 던졌다

내가 가보지 못한 국가에서도
군부는 총을 쏘고
민중은 돌멩이를 던질까

아시아 미얀마와
아프리카 수단은
내가 가보지 못한 국가,
군부가 쿠데타에 성공하고 나서 총을 쏘고 있고

민중이 저항하기 위하여 돌멩이를 던지고 있을까

쿠데타군軍은 총을 겨눈 채 진압밖에 하지 못하고
저항인抵抗人은 돌멩이를 움켜쥐고 혁명을 꿈꾼다

누군가 살고 있는 국가

누군가 살고 있어야 국가다
국가에는 누군가 살고 있다
누군가는 누구인가?
산발치에서 산등성이까지
울긋불긋 단풍 든 나무들인가?
겨울잠을 준비하는 동물들인가?
단풍이 아예 들지 않는 곳에서
주렁주렁 열매를 달고 선 나무들인가?
겨울이 아예 없는 곳에서
펄쩍펄쩍 뛰어다니는 동물들인가?
그 나무들과 그 동물들과
속말을 나눌 줄 아는 사람들인가?
쿠데타로 권력을 찬탈하고
그 사람들을 향해 총구를 겨눈 군경들과 마주하여
함성을 지르고 돌멩이를 던지는 사람들인가
이런 누군가들이 살고 있는 국가가 여럿 있다
누군가의 국가에 난민으로 와서 살고 있다
누군가의 국가에 난민으로 가서 살고 있다

난민 국가

각국 난민이 모여 국가를 세운다면
국호를 난민국이라 지을 것이다

난민국에는 어디에 가도
푸성귀가 포기포기 자라고
과일이 주렁주렁 열리고
곡식이 알알이 익어서
식량 걱정하지 않아도 되니
독재자가 나오지 않는다고
내전이 일어나지 않는다고
장담하는 난민만 살 수 있다

난민국에선 누구를 만나도
좀체 눈치 보지 않고
일절 말다툼하지 않고
절대 등 돌리지 않아
사람 때문에 기분이 좋아지니
모두모두 이웃이 된다고

모두모두 친구가 된다고
장담하는 난민만 살 수 있다

어느 정도 이상 부유해지지 말고
어느 정도 이하 가난해지지 말자는 약속을
건국이념으로 삼는 국가가 될 것이다

세계시민으로서 정치윤리적 성찰, 민주주의적 일상의 낙토를 향해

고명철(문학평론가, 광운대 교수)

1

팬데믹의 엄습은 일상의 리듬에 큰 충격을 가해왔다. 무엇보다 팬데믹이 인간의 생명에 치명적 위협을 가해왔다는 점에서 생존과 직결된 사안들을 다루는 의학을 중심으로 한 국가권력은 자국민의 안전과 건강을 지키는 통치를 수행한다. 그 중심에는 존재들 사이의 '거리두기'에 대한 인식이 자리하고 있다. 말하자면, 타자와의 물리적/심리적 관계에 대한 적극적 소외를 일상화함으로써 팬데믹의 지옥도에서 개인의 방역을 철저히 실행해야 한다. 이것이 팬데믹 시대에 팽배해진 '거리두기 민주주의'의 일상의 리듬이다.

그런데 이처럼 우리가 '거리두기 민주주의'에 착실히(?) 적응해가는 동안 "아직도 변혁이나 혁명이 절박한 국가들이 세계에 있다는 사실 앞에" "공공 전체가 아니라 강자인 일부를 위해 공무를 하면서 사익을 편취하는 사악한 권력,

부도덕하고 불의한 국가의 이익을 위해 전쟁하는 권력'(시인의 말)에 대해 탄식하고 비통해하는 분노의 시적 정동을 벼리는 시인이 있다. 하종오 시인의 시집 『"전쟁 중이니 강간은 나중에 얘기하자?"』는 '거리두기 민주주의'에 나포된 채 자국민의 생명과 건강과 안전에만 도통 관심을 쏟는 데 대한 세계시민으로서 정치윤리적 성찰을 수행하고 있다는 점에서 주목할 만하다.

2

가령, 시집의 표제작이기도 한 「"전쟁 중이니 강간은 나중에 얘기하자?"」를 살펴보자.

전쟁을 벌이고
전쟁 피해를 당하는
우리 모두는 인간이다.
인간에 대한 이야기는
하나도 빠짐없이 중요하다.
전시 강간을 운 없는 개인이 겪은
안타까운 작은 일 정도로 치부해선 안 된다.
분명히 직시해야 할 건
러시아가 훼손하고 있는 것이
인간이라는 점이다.
전쟁은 추상적인 그 무언가가 아니다.
인간과 세계를 바꾸는 구체적인 사건이다.

개개인이 겪는 전쟁 피해를 규명하는 작업도 구체적인
사건이다.

정치외교적 담론으로 전쟁을 중계해선 안 된다.

무슨 일이 벌어지고 있는지를 정확히 알고 알려야 한다.

전쟁 중이니 강간은 나중에 얘기하자?

있을 수 없는 일이다.

　　　　　　　－「"전쟁 중이니 강간은 나중에 얘기하자?"」부분

위 대목은 여느 시적 표현과 다른데, 한 연 전체가 큰따옴
표로 인용돼 있음을 알 수 있다. 시인은 이 부분에 대해
별도로 주를 달아 언급했듯이, 우크라이나 전쟁을 취재하는
국내 일간지 특파원의 르포 중 우크라이나 여성 의원의
말을 적절히 행갈이를 하여 자신의 시적 표현으로 구체화한
다. 러시아가 2022년 2월 우크라이나를 무력 침공한 이후
국내외 미디어들의 보도뿐만 아니라 해당 전문가들의 우크
라이나 전쟁에 대한 분석과 전망이 거의 매일 타전되고
있지만, 위에서 직접 인용한 시적 표현만큼 우크라이나
전쟁에서 결코 소홀히 간주해서 안 되는, 이 전쟁이 지닌
심각성과 구체성에 대한 래디컬한 비판적 응시를 대면한
적이 없다. 여기에는 "전쟁은 추상적인 그 무언가가 아니다.
/ 인간과 세계를 바꾸는 구체적인 사건이다."라는 문제의식
이 놓여 있다. 따라서 우크라이나 여성 의원이 적시한 '전시
강간'은 전쟁터에서 일어나는 숱한 참상 중 하나로서, 바꿔
말해 인간의 생명을 전쟁의 형식으로 앗아가 버리는 아수라

의 현실 속 절대악으로 자행되는 그런 추상적 차원의 폭력의 성격을 띠는 게 아니다. 그보다 "러시아가 훼손하고 있는" 적敵 타자가 "인간이라는 점"이 부정당하고 있다는 것이야말로 우크라이나 여성 의원과 시인이 '전시 강간'을 주목하는 이유다. 러시아군은 점령군(혹은 침략군)으로서 전쟁터에서 약소자인 우크라이나 여성을 대상으로 성폭력을 가했는데, 이것은 전쟁의 폭력의 형식 중 가장 반인간적이고 야만적인 것으로 인간의 생명(잉태와 양육)과 이어진 우주적 관계 자체를 유린·훼손·멸살함으로써 성폭력의 대상인 개별 여성은 물론, 그 여성과 이어진 뭇 존재의 삶에까지 미친다. 더욱이 '전시 강간'의 상처와 고통은 전쟁 후 지속된다는 점에서, 그러므로 "인간과 세계를 바꾸는 구체적인 사건이다."

이처럼 하종오 시인이 르포에서 절합한 콜라주의 시적 표현으로서 우크라이나 전쟁에 대한 정치윤리적 성찰은 반전 평화를 염원하는 세계시민의 감응력을 보인다. 시인의 감응은 집 안 청소기를 매개로 한 한국과 우크라이나와 러시아가 우크라이나 전쟁과 모두 연루돼 있는 일상으로(「청소기」), 동일한 시간 한국에서의 저녁과 우크라이나에서의 점심을 하는 처지로(「현재 시간」), 그리고 우크라이나 전쟁 여파로 전 세계 곡물 시장이 들썩거려 밀가루 음식을 제대로 먹지 못하는 현실과(「우크라이나 씨, 당신 1」), 해바라기씨유가 사라질 위기에 처해 해바라기씨유로 찬을 조리해 먹을 수 없는 현실(「해바라기씨유」)로 거듭 환기된다. 이렇듯이 우

크라이나 전쟁은 우리의 일상과 격절된 타방에서만 국한된
게 아니다.

3

그렇기 때문에 시인은 통탄한다.

> 전쟁이 사람들을 더욱 빈자와 부자로
> 더욱더 약자와 강자로 벌려놓는다고 믿는
> 나는 통탄한다
> 육이오 전쟁으로 초토화된 국가에서 살아남은 한국인들
> 러시아에 침략당한 우크라이나에
> 폴란드가 오래된 무기를 지원하고,
> 폴란드에 새로운 무기를 판매하여
> 한국이 부강해지는 문제에 대하여
> 의문하고 고민하지 않는 사실을 나는 통탄한다
>
> —「무기 수출국」 부분

　자국이 부강하기 위해 다른 지역에서 자행되는 전쟁에
"오래된 무기를 지원하고", "새로운 무기를 판매"하는 무기
수출의 악무한의 구조에 한국이 편승하고 있는 문제에 대하
여 "나는 통탄한다." 시인의 눈에는 폴란드를 향한 한국의
무기 수출이 표면상 우크라이나 전쟁과 결코 무관하지 않은
것으로 보인다. 기실 그 무기는 우크라이나에 지원한 폴란드
의 구식 무기를 대체한 것이듯, 제2차 세계대전 후 유럽에서

미국 주도의 냉전 질서가 나토NATO 체제로 구축된 것을 상기해볼 때, 한국이 폴란드에 신형 무기를 수출한 것은 나토 체제의 군사적 역학 관계와 결코 분리할 수 없는 미국 주도의 냉전 질서에 협력한 한국식 군사경제의 한 모습일 따름이다. 따라서 동아시아 냉전 속 열전熱戰의 위협에 직면해 있는 한국이 무기 수출로 국가의 부강을 추구함으로써 유럽의 냉전 속 우크라이나 전쟁에 연루되고 있는 데 대한 시인의 '통탄'은 냉철하면서도 뜨겁다.

여기서, 우리는 시적 화자의 '통탄'의 감응이 지구화 시대의 일상을 살아가는 시인들이 '함께' 아파하고 분노하는 연대의 움직임을 나타낸다는 점을 예의주시해야 한다.

> 한국 강화군청 앞에서
> 공정하지 않은 군수를 향해 1인 시위하며
> 내가 꽃나무에 활짝 핀 꽃을 바라보는 날들에
> 미얀마 사가잉 지역에서
> 군부와 싸우던 저항 시인 셋이 죽었다
> 그자원 시인과 찌린아이 시인은
> 군부가 쏜 총에 맞아 죽었다고 하고,
> 세인윈 시인은 군부의 사주를 받았을 누군가
> 갑자기 머리에 휘발유를 들이붓고
> 불을 질러 타 죽었다고 한다
> 나는 한 번도 본 적 없는 저항 시인들,
> 미얀마 사가잉 지역에서 순교한 저항 시인들을 떠올리다가

몹시 괴로워 오늘 이런 시를 쓴다
종일토록 장대비가 내리고
꽃나무에서 꽃이 떨어지고
한국 강화에 여름이 왔다
미얀마 사가잉 지역은 우기이겠지
살아남은 저항 시인들은 빗줄기를 바라보며
죽은 저항 시인들을 그리워하며 또다시 저항시를 쓸 테고,
우기가 지나가겠지
한국 강화에서도 여름이 지나가겠지
공정하지 않은 군수를 향해 1인 시위하다가
문득 잎사귀가 무성한 꽃나무를 쳐다보면서
미얀마 사가잉 지역에서 총을 난사하는 군부와 싸우는
저항 시인들이
우기가 지나간 뒤에는 최후의 승자가 되기를 빈다
나는 한국 강화에서 법조문의 빈틈에 들어가 사익을 도모
하는 군수에게
여름이 지나간 후일지라도 내가 승리하기를 원한다
                                    ─「저항 시인들」 전문

    "한국 강화군청 앞에서 / 공정하지 않은 군수를 향해 1인
시위"를 하는 한국의 시인은 미얀마 군부 독재정권의 폭압에
맞서 민주화 투쟁을 벌인 미얀마 시인들의 죽음 소식을
대한다. 한국 시인이 미얀마의 저항 시인들을 위해 할 수
있는 일은 시를 쓰는 것밖에 없다. "종일토록 장대비가 내리

고 / 꽃나무에서 꽃이 떨어지"는 한국의 강화에서 민주주의
에 역행하는 불공정한 군수를 향해 1인 시위하는 시인은
미얀마의 "살아남은 저항 시인들"과 "죽은 저항 시인들을
그리워하며" 민주주의의 승리를 위한 저항시를 쓴다. 그리
하여 한국의 시인은 미얀마의 저항 시인들이 "최후의 승자가
되기를", 그리고 불공정한 한국의 강화 군수를 향한 시위에
서 "내가 승리하기를 원한다". 이처럼 민주주의의 가치를
공유한다는 차원에서, 한국의 강화에서 행해지는 1인 시위
와 미얀마의 사가잉 지역에서 쟁투하는 저항 시인들의 저항
과 희생은 서로 조우한다. 이것은 '미완성 혁명'으로 불리웠
던 한국의 1960년 4월의 혁명을 상기하면서 한국 강화군과
미얀마 카렌주의 과실수와 꽃나무의 존재를 공유하고 있는
데서도(「4월」), 그리고 한국 민주주의의 뜨거운 상징인 광주
와 미얀마의 반민주주의 폭압 속 학살이 자행된 만달레이에
서의 삶과 죽음을 숙고하는 것에도(「광주와 만달레이」),
심지어 "얼굴도 모르고 이름도 모르는 당신, / 목소리도 듣지
못했고 눈빛도 보지 못한 당신, / 쿠데타군이 쏜 총알에 맞지
않았는지 걱정"(「마스크와 세 손가락」)하다가 한밤 잠을
설치곤 하는 모습으로도 드러난다.

4

    사실, 하종오 시인에게 민주주의 가치와 그것의 일상을
행복하게 누리는 일은 매우 값진 것이다. 그의 시력詩歷이
보증하듯, '하종오식 리얼리즘'이 추구하는 것은 개별 국민

국가의 민주주의에 자족하는 시적 상상력의 지평을 넘어 지구화 시대의 세계시민으로서 민주주의의 일상을 꿈꾸는 보다 높은 차원의 정치적 상상력이다. 그의 이러한 정치적 상상력은 아프가니스탄의 현실과 관련한 시편들에서 음미할 수 있다.

시인들이 부르는 슬픈 노래를
한 마리의 새가 듣고는 다른 새에게 전하러
평원과 고원과 산악을 날아다니며 부르고,
시인들이 들려주는 괴로운 이야기를
한 줄기의 바람이 듣고는 다른 바람에 섞여서
파슈토어와 다리어와 투르크멘어로 통역하여 들려주고,
시인들이 외치는 아픈 증언을
한 개의 돌멩이가 듣고는 다른 돌멩이에게 다가가
소련군과 미국군과 탈레반군을 맹비난한다

아프가니스탄에서 시인들은
새와 바람과 돌멩이를 진짜 시인이라 호칭한다
　　　　　　　　　　　　　　　－「아프가니스탄 시인」 부분

아프가니스탄 아이들이 꿈을 꾸기 시작하면
남녀 아이가 한 교실에서 내내 공부하는 꿈
거리에서 음악가들의 연주와 노래를 실컷 듣는 꿈
부르카를 쓰지 않은 엄마의 얼굴을 마음껏 보는 꿈

그 꿈들을 없앨 수 없다는 걸
탈레반은 알고 있었나 보다
아프가니스탄 아이들이
바람 부는 날이면 언덕에 올라
먼 하늘 아래 먼 산 너머 먼 세상으로 연을 날리다 보면
탈레반을 축출하는 꿈도 꿀 수 있다는 걸
탈레반은 알고 있었나 보다

　　　　　　　　　　　　　　　　－「연날리기 금지」 부분

　"소련군이 침공하고 미국군이 공격하고 탈레반군이 점령
한 나라"(「아프가니스탄 시인」) 아프가니스탄은 평원과
고원과 산악으로 이뤄져 있다. 흥미로운 것은, 미국과 옛
소련의 가공할 만한 군사적 공격에도 불구하고 아프가니스
탄은 급진 이슬람주의를 표방한 탈레반 세력의 통치에 놓이
게 되면서 세계의 언론들은 약속한 듯 아프가니스탄을 지배
한 탈레반의 종교 근본주의와 폐색주의가 뒤섞인 반문명적
폭력에 초점을 맞춰나갔다. 물론, 탈레반에 대한 언론의
통매를 전적으로 부정할 수는 없다. 탈레반이 보였듯, 자본
주의 폐단에 대한 비판의 과잉을 넘어 서구의 문화에 대한
무조건적 배척과 이슬람문화의 교조주의적 자기동일성은
타자와의 관계를 부정함으로써 인간 보편의 민주주의적
가치를 훼손시켜왔다. 하지만 우리가 간과해서 안 될 것은,
하종오 시인이 비판적으로 꿰뚫고 있듯이, 탈레반 못지않게
미국과 옛 소련이 이 지역의 지배력을 강화하기 위해 행한

반문명적 폭력의 실상을 눈감아서 곤란하다. 그래서 평원과 고원과 산악을 이루는 "새와 바람과 돌멩이를 진짜 시인이라 호칭"하는 이유에 귀를 기울여야 한다. 새와 바람과 돌멩이는 아프가니스탄에 어떤 공포와 죽음이 팽배했던지, 인간의 보편적 가치가 어떻게 무참히 유린되고 압살되었는지 그 생생한 증언을 들려준다. 그리고 탈레반 점령 아래 아이들의 연날리기가 금지당한 이유에 대해 숙고하도록 한다. 미국과 옛 소련과 탈레반에 의해 점령당한 아프가니스탄의 현실을 넘어 인간으로서 자유와 평등을 향한 세계를 꿈꾸지 못하도록 하는 억압의 정치를 성찰하도록 한다. 여기서, 미국과 옛 소련이 물러간 마당에 탈레반에게 가장 위협적인 것은 무엇일까. 그것은 아프가니스탄의 역사의 모든 것을 묵묵히 지켜봤던 '새와 바람과 돌멩이', 그리고 아프가니스탄의 새로운 역사를 향한 꿈을 꾸도록 하는 '연날리기'가 아닐까. 그래서 전쟁과 혐오가 없는 일상을 만끽하는 것, 즉 "아프가니스탄에서 내전이 끝났을 때 / 밭에서 나와서 허리를 펴고 둘러볼 수 있어 / 너무 좋았던 농부들"(「종전」)이 염원하는 민주주의적 삶을 시인은 함께 노래하고 싶다.

5

하지만, 지구촌 곳곳에서는 전쟁과 분쟁의 소용돌이가 휘몰아치고 있으며, 민주주의의 가치가 무색할 정도의 정치 사회적 폭압과 고립, 감금과 분리의 통치가 버젓이 자행되고 있다. 개별 국민국가의 자국민 보호주의와 폐쇄적 민족주의의 정치적 결속은 급증하는 난민의 문제를 배제와 격리의 차원으로 접근한다. 이에 대해 하종오 시인은 래디컬한 시적 상상력의 응전을 펼친다. 가령, "아프가니스탄에서 엄마 아빠 따라 한국에 온 아이가 / 조국의 언어와 망명국의 언어를 시어로 구사하는 / 아프가니스탄계 한국인으로 자라서 / 시인이 된다면,"(「아프가니스탄계 한국인 2」) "우스갯소리 할 때, 말다툼할 때, 노래 부를 때, / 때마다 서로 다른 언어를 쓰며 살아가게 될는지 / 때마다 서로 같은 언어를 쓰며 살아가게 될는지 / 아무도 모른다"(「아무도 모른다」)는 매우 흥미롭고 진지한 물음을 던진다. 만일 이러한 상상의 세계가 현실로 도래한다면, 더 이상 국민국가에 바탕을 두고 있는 폭력적 부조리한 일상의 삶은 존재하지 않고, 말 그대로 세계시민으로서 일상의 낙토樂土가 구체화될 수 있을 터이다. 물론, 이것은 하종오 시인이 기획하는 정치윤리적 실재라는 점에서 주목할 필요가 있다. 그래서일까. 「난민 국가」가 시집의 맨 마지막에 자리하고 있는 이유를 헤아릴 수 있으리라.

난민국에선 누구를 만나도
좀체 눈치 보지 않고
일절 말다툼하지 않고
절대 등 돌리지 않아
사람 때문에 기분이 좋아지니
모두모두 이웃이 된다고

모두모두 친구가 된다고
장담하는 난민만 살 수 있다

어느 정도 이상 부유해지지 말고
어느 정도 이하 가난해지지 말자는 약속을
건국이념으로 삼는 국가가 될 것이다

－「난민 국가」 부분

　　시인은 근대 자본주의 세계 체제로부터 축출되거나 벗어
난 난민이 모여 '난민국'을 세운바, 이곳은 독재자와 전쟁이
없고, 식량 걱정을 할 필요가 없는 지상 천국이다. 무엇보다
국민국가가 낳은 각종 차별과 배제 없이 모든 사람이 서로
동등하게 인간으로서 위엄을 존중하는 이웃이자 친구의
관계를 유지하며 산다. 이 모든 바탕에는 적정한 정도의
경제적 부에 만족하는 안분지족安分知足의 삶 속에서 공생공
락共生共樂과 공빈낙도共貧樂道하는 '건국이념'이 튼실히 뒤받
쳐주고 있다. 여기서, 시인에게 이런 '난민국'의 존재 유무의
신빙성을 캐묻는 것은 반시적反詩的 물음에 불과하다. 대신,
세계의 곳곳에서 삶의 터전을 잃은 채 민주주의적 일상이
심각히 위협받고 있는 지옥도의 현실에 대한 시인의 래디컬
한 정치적 상상력의 정동이 수행하는 시적 성찰의 힘을
중시해야 한다. 왜냐하면 세계시민으로서 행복한 일상을
꿈꾸는, 그리하여 민주주의적 일상의 낙토를 향한 시인의
경이로운 꿈을 저버릴 수 없기 때문이다.

0ⓒ 하종오, 2023

"전쟁 중이니 강간은 나중에 얘기하자?"

초판 1쇄 발행 2023년 02월 24일
　　2쇄 발행 2023년 10월 30일

지은이 하종오
펴낸이 조기조

펴낸곳 도서출판 b
등　록 2003년 2월 24일 (제2006-000054호)
주　소 08772 서울시 관악구 난곡로 288 남진빌딩 302호
전　화 02-6293-7070(대) 팩시밀리 02-6293-8080
누리집 b-book.co.kr 전자우편 bbooks@naver.com

ISBN 979-11-89898-89-2　　03810
값_12,000원

* 이 책 내용의 일부 또는 전부를 재사용하려면 저작권자와
　도서출판 b 양측의 동의를 얻어야 합니다.
* 잘못된 책은 구입한 곳에서 교환해드립니다.